KB266348

우린 그렇게
기특하게,
사랑을 하고

03작가 김서희 지음

FOREST
WHALE

시인의 말

사랑은 어쩌면 미워서 되는 겁니다
우린 그렇게 기특하게, 사랑을 하고
다시 올 봄을 지치지 않고 기다려내고

난 그런 당신이 좋습니다
우리의 사랑이 좋습니다

목차

Chapter1 _ 네가 있어, 저기.

사랑 증폭증   * 12

(사랑)시 해   * 14

사랑 표현법   * 15

홀로눈   * 16

좋아해요   * 17

익힘 정도   * 18

기특하게 사랑을 하고   * 19

카푸치노, 널 생각하고   * 20

질투   * 21

쌍방   * 22

너무 간절한 소원   * 24

모든 날에 첫눈   * 26

막 지운 꿈   * 28

삭제된 메시지   * 30

영원한 빛 번짐   * 32

나비 향수   * 34

여행지   * 35

사랑이 어려운 사람   * 36

지지 사랑법   * 38

시그니처 메뉴   * 40

타고난 다정함   * 41

지금 추억   * 42

사부작 계절   * 44

사랑에 대한 정의   * 46

사랑의 영역   * 48

밝은 사람의 사랑법   * 50

별 블루투스   * 52

늦은 애프터   * 53

4차선 도로   * 54

나 같은 사람   * 55

사랑 아이   * 57

당신의 다정이 봄과 가을이라면   * 59

나도 사랑해요   * 61

사랑 맡기기   * 63

샷 추가 메뉴   * 65

커피 자국   * 67

거짓 필사   * 68

우리 이야기   * 70

안정적인 사랑   * 72

러브 왈츠   * 74

공기 냄새   * 76

너의 낭만   * 78

우린 옛 인연보다 더 고풍스런 사랑을 믿고   * 79

퍼레이드의 끝   * 81

웃음 상처   * 83

내 탓   * 85

너만의 계절   * 87

겹벚꽃   * 88

벗꽃 낭비   * 89

벗꽃놀이용 애인   * 91

오늘의 반김   * 92

To Do List   * 93

연애 중   * 94

사부작 단락   * 95

짝사랑보다 더 순애보적인   * 97

자글자글한 상태   * 99

영원히 사랑해   * 100

에필로그(Epilogue)   * 101

Chapter2 _ **내가 있어, 여기.**

손 우산   * 104

순수   * 105

신호등 앞   * 107

볕 위로   * 109

자장가   * 110

11:59   * 112

내 안에 우물   * 113

어린 새싹   * 115

햇살   * 117

여유   * 118

꿈의 여정   * 120

민들레씨 이야기   * 121

민트색 점   * 123

나의 겨울 햇살   * 125

내 안의 바다   * 127

적당히 행복하기   * 129

반딧불이의 밤   * 131

모래 사(死)장(長)   * 133

나의 이야기   * 135

아픈 일　　　　　　　　　　　* 136

회의감　　　　　　　　　　　* 138

네 하루 끝　　　　　　　　　* 140

아주 얕은 자유　　　　　　　* 141

내 고백　　　　　　　　　　　* 142

미안함을 거절한다　　　　　* 143

잠든 어린 시간　　　　　　　* 145

부드러운 관계　　　　　　　* 147

새 비행　　　　　　　　　　　* 149

포용력　　　　　　　　　　　* 151

회복 탄력성　　　　　　　　　* 152

출국 편지　　　　　　　　　　* 154

진짜 연기자　　　　　　　　* 156

여름날 나에게　　　　　　　* 157

너의 극복　　　　　　　　　　* 158

내일의 꿈　　　　　　　　　　* 159

너를 사랑해　　　　　　　　* 160

글쓴이들에게　　　　　　　　* 162

네가 있어, 저기.

nn.com 東横INN

사랑 증폭증

난시가 있는 나는
그의 얼굴이 웃고 있는지조차 모르고
웃었다

그런 다음
그가 웃으면 역시 웃은 게 맞은 거였구나
확인했다

그 순간만큼은 선명해지는 얼굴

너는 나의 웃음 속 조금의 어리둥절함을
읽어냈을까
너는 나의 의식을 내가 의심한다는 것을
알고 있을까

매일 흐릿하게 흐트러진 너의 얼굴을 보고 있으면
나의 얼굴도 사라질 것 같아서
한 번도 두려워한 적은 없다

사랑인가
이 불확실한 증폭.

(사랑)시 해

아침 햇살에 시 한 페이지가 젖어 든다
가을이라 잘 마르지도 않을 텐데
사랑보다 빠르게 또 젖어 든다

우린 마르려고 사랑을 했던가?
끝이 항상 갈라져서 헷갈리기 시작했다

다행이야, 그래도 글자는 번지지 않아서
추억을 잘 펴서 말리면 다시 읽을 수 있고
다시 읽으면 그 구절이 새삼 아름다울 수 있었다

이제야 시 앞에 사랑이 숨겨져 있다는 걸
네 앞에서 말한다

(사랑)시 해

사랑 표현법

보기만 해도 벅차지는 사람이

내 일상에서 눈부시게 웃어주고 있다

빛 위에 막 분사된 향수처럼

이미 그때부터 내 마음은 결정됐다

매일을 너무 섬세하게 그려가고 싶어져서

이건 단지 고마움이 아닌 사랑이라고

두 손으로 은은함을 받은 채

너와 닮은 미소로 달려가 안기고 싶다고

눈빛으로 말해져서

나도 모르게 표현되는 사랑에 놀랄 뿐이다

너조차도 크게 움직이는 한 발짝에 얼어버릴 뿐이다

홀로눈

넌 우리가 햇살 한 줌 먹고 눈으로 태어난 걸 몰라
희고 단단해서 얼마나 예뻤는데

녹을까 봐 어둡게 살아갔던 너를
오래 아플 만큼 사랑했던 나는
혼자 이 겨울을 굴리는 중이다

언젠가 네 세상에 굴러 들어가
다시 만나서 반가워

인사할 때쯤엔 봄이 되어있길 바라며
꽃은 피지 않아도 너만은 화사하길 바라며

먼발치에서나마 파묻혀
너의 나였던 나를 잘 키우는 중이다

좋아해요

나의 몸짓이 너의 표정에 닿을까 봐

조심하며 느려지는 시간의 공기

질문은 모으기만 해서 머릿속이 시끄럽고

아무렇지 않은 척 웃는 것도 마음이 될 것 같아

아직 사랑은 이르지만 너란 사람은 맞는 것 같아

숨이 벅차게 달달해서

눈을 맞추며 웃는 박자까지 읽어지고

잠깐의 침묵에는 눈동자만이 빛나는 소리

우리,

책장 넘기듯 자연스럽게 말해볼래요?

-좋아해요

익힘 정도

좋아하는 것을 알아가다가
한 계절을 꼬박 새운 너는
나와 두 번째 계절을 함께 맞지 않기로 했다
성숙하지 못한 어른처럼

사실 과일도 그렇잖아
오래 두니까 더 익은 거지
일부러 더 익힌다는 건 거짓말이잖아

익어지니까 익히게 두는 건 사랑에 대한 예의가 아니다

난 그런 섣부른 핑계를 싫어하는 연인,
너의 연인이 되지 않은.

기특하게 사랑을 하고

그 사랑이 전부 네게서 나왔다는 게
믿어지지 않을 정도로
겨울 입김처럼 나오곤 했다

자연스럽게 묻어나는 애정의 흔적
차창에 없는 척 새겨진 하트처럼
널 그렇게 만드는 건 네 잘못이 아니니까

나는 너를 칭찬한다
사랑 잘했다
앞으로도 사랑 잘하겠다

우린 그렇게 기특하게,
사랑을 하고.

카푸치노, 널 생각하고

눈이 내려서 난 널 생각하고
네 입술에 묻은 커피를 생각하고

카푸치노
부드러운 네 연인이 되는 게 내 꿈이었는데

한낱 어느 계핏가루에
초콜릿 가루를 묻힌
안타까운 사랑의 마지막을 제조했다

내가 사랑했던 사람 메뉴판엔
아직도 네 이름만이 퍽퍽한 분필로 쓰이고

그 하얀 가루가 떨어질 때
난 또 눈을 좋아하던 널 생각하고

질투

그가 다른 곳을 향했다

풋사과에 화살이 꽂히는 느낌
머리카락을 잘못 묶어 따가운 느낌
떨어진 단추에 실밥이 삐져나온 느낌

마음이 뒤집히면, 내가 너를 사랑하고 있다는 사실을 인
정하게 된다

싫지만 쉬운 결론
나는 지금 너를 사랑하고 있다

쌍방

모든 게 느려지고 있는 게
우리 거리를 좁히려 드나 봐

쌍방이다.

나는 방금 막, 우리가 마주보기보다
같은 앞을 보고 있다는 게 좋아졌다

미세하게 떨리는 너의 옆모습
종종 너의 시선이 머물렀을 나의 옆모습
공기가 데워질 동안 시선은 얼마나 사부작댔을까

우린 항상 한쪽이 느린데 그래서 더 애틋해

혼자 수줍어할 시간을 주니까

멈칫하다 들킬 순간을 만들어주니까

서로가 투명하게 사랑스러워지니까

너무 간절한 소원

가장 쓸쓸했던 첫눈도 밟히고 나니
아무것도 아니었습니다
서서히 저물던 첫사랑도 접히고 나니
아프지 않았습니다
나는 겨울에 기대어 조금씩 커갔습니다

다음 눈이 올 때는 어떨까 벽에 기대어
펑펑 내리는 눈을 눈으로 따라갑니다

귀에는 First Love First Love[1]가 들리고요
부드러운 발음을 입으로 녹입니다
깔끔하게 단 각설탕 맛이 감돕니다
붉어진 코는 그 공기의 떫음을 들이키고요

---

1. First Love;우타다 히카루의 노래

나는 내일이 너무 하얗습니다
소원은 이뤄지고 나면 늘 이렇게 사라지나요

꿈꾸던 어린 내가
꼭 맞잡던 그 두 손이
녹은 촛농처럼 하얗게 굳었습니다

삶은 본래 혼자라지만 낭만을 잃어버렸습니다
그래서 소원을 정정합니다

"제가 너무 간절하게 빌면, 이뤄지지 않게 해주세요."

모든 날에 첫눈

한눈에 반했다
흔들리는 눈동자
내 첫 폭설은 뇌가 얼어버릴 정도로
하얀 사랑을 퍼부었다

-이름이 어떻게 돼요?

귀에서 살금 녹는 세 글자
입으로 한 번 더 녹이어 뭉치는
눈덩이

언젠가 내 마음과 함께 집어던져 버리겠어
사랑은 늘 사람을 조급하게 하고
나무에 쌓인 수줍음을 쏟아붓게 하고

눈맞음

우린 스노우볼에 갇힌 듯
두 번째 맞는 눈을 첫눈이라 불렀다

우리 세계에선 그게 맞는 거니까
사랑은 농담 따먹기도 진짜라고 믿게 하니까

그 이후로 모든 날에 내린 눈은
첫눈이었다

막 지운 꿈

어렴풋이 또 밤이 내렸다
막 지운 꿈은 까맣고 슬펐다

내달리던 어느 날의 내가 눈앞을 지나가고
사랑의 웃음소리에 시달리던 나도 쭈그려있다

이 모든 게 보이기까지 시간은
내가 삶을 살고 있다는 것을 알려주지 않았다

뚜렷한 감정에 더 이상 기댈 수 없을 때 혼자라는 게 느
껴져요
가고 싶고, 보고 싶은 것들에 파묻히는 내가 안타까워져요

나는 왜 다시 기억하고 싶게 기억을 만들었을까
맥락 없는 꿈처럼 맹목적인 물음만 쌓았다면 진작에 죽
었을까

두려움에 후회는 하지 않는 걸로 한다
단지 혼자됨이 믿어지지 않을 때
바보가 된다는 거,
그것만 받아들여야 할 뿐.

삭제된 메시지

다 흑백 저주에 걸려서
비도 내렸다 안 내렸다 거려

복잡한 소나기가 알림도 없이
주륵주륵 눈 앞을 가린다

어떤 내용도 이별을 정당화할 수 없어요
다 핑계로 인해 사랑은 끝맺힘 당하는거죠

잦은 기침이 감기로 번지듯
우리는 흩어지는 시간을 맞이한 거고
곧 지독한 각자의 아픔으로 흐려졌다

말 한마디 없이
행복해질 장담도 없이

이 빗물을 다 받아들었다
쏟아져도 회색 글씨로나마 주워담았다

-삭제된 메시지입니다

영원한 빛 번짐

넌 영원한 빛 번짐
눈처럼

찍고 싶어도 눈부셔 촉촉이
감기는 눈

널 몰랐으면 눈도 안 왔을 거야
이렇게까지 안 아름다웠을 거야

더 깊은 말을 다짐하게 되는 밤
우린 깜깜한 거리에 무수한 연인이 되고
하얀 점은 쉼 없이 번져가고

차가운 날씨는 잊은 양
둘러대는 맘들이 하나같이 사랑이었다

이제 막 내려서 덜 쌓인,
밟기에도 얇은 흰 눈.

나비 향수

나비를 향수로 만든다면
연약해 보이지만 중독성 있겠지
내가 빠진 너처럼

부드러운 날갯짓에
흩뿌려지는 물 알갱이
잔디 풀 머금은 페로몬 향기
무언으로 인연이라 말하는 것 같은

몽롱한 사랑의 연속이 테스터 되는 중
햇살이 이끄는 대로 향수병이 빛나는 중

네가 내게 더 잘 보이게
포근한 독이란 착각 속에 빠지게

여행지

우린 마치 장난처럼 잠깐 사랑했고
난 그 시절을 따분하게 보내지 않아서 다행이라 생각했다

여행을 다녀온 듯 한동안 가던 여운
이번 여행의 기념품은 모두 버려야만 해
사진도 섣부르게 지우면 좋고

추억은 마음에 남으니까 그걸 믿는 거죠
머릿속에 재생될 땐, 가끔 보고 듣고요

이별을 잘해 버릇하게 되면 길을 잃는 건 두렵지 않게
된다
정확한 지도보단 이끌리는 곳에 멈춰 서게 되니까
그곳이 평생 기억에 남을 여행지가 되니까

사랑이 어려운 사람

나는 나의 본성을 숨기면서까지
그를 사랑할 자신이 없습니다

그도 그럴 것이,
그가 서성이던 어느 날의 공기는
내 향수 냄새로 가득했겠죠

곧 증발될 사람일 거래도 과연 맞았을까요
나는 상처가 많아 사랑이 어려운 사람입니다
그러나 확신하고 싶어진 것은,

내가 그를 바라보던 시선이
나도 알 만큼 제법 사랑스러웠습니다
제법 행복하게 웃어 보였습니다

그래서 압니다
이 사람이 이 사랑을 받으면
내가 이 사람을 가지고 얼마나 커다란 사랑을 할 수 있
을지 말이에요

어떤 날의 햇살처럼 오래 쬐고 싶다가도
바람 불어 창 닫히면 다시 두려워질 게 뻔해서
나는 나의 여린 사랑을 내비칠 수 없습니다

나마저 바람에 휙 날아가 버리면
그 향수 냄새를 입고도 내가 나를 사랑할 수 없을 걸 알
아서 말이에요
다 벗지도 않아놓고는 부끄러워할 걸 알아서 말이에요

지지 사랑법

내가 너를 사랑하는 방식은 자꾸 마주치는 것

의도해서 바라보며 온 얼굴로 웃어주는 것

자주 너의 변화를 알아봐 주는 것

작은 너의 정성을 칭찬해 주는 것

잦은 나의 잔망을 보여주는 것

자두, 보고 싶은 꿈이 되는 것

이 사랑이 새콤달콤하게 잘 익을 수 있게

관심을 가져주는 것

줄곧 들여다보면서 물도 주고 흙도 갈며

잘 자라게 키워주는 것

내 사랑이 우리 사랑이 되기 위한

모든 핑계가 될지라도

내가 너를 있는 힘껏 사랑할 수 있게

내가 내게 가장 큰 지지를 해주는 것

시그니처 메뉴

우리의 침침한 밤은
노란빛에 기대면 괜찮아질 거라고 믿었다

저마다의 시그니처 메뉴가 그렇듯
너무 긴 이름의 라떼는 크림이 몰래 촉촉해지고

난 항상 사랑의 부드러운 단맛을 기대해요
아직 다 휘젓지 않은 채 맛봤거든요

분위기 있는 장소에 분위기를 맞추는 건
향 없는 알코올처럼 금세 취하기만 했기에

캬라멜 같은 달콤 짭짤한 설탕을 입술에 묻혔다
곱씹은 기억이 재빨리 따라 들어오게
제멋대로라도 걱정을 떨쳐낼 수 있게

타고난 다정함

당신의 타고난 다정함이
내게로만 와 꽃이 되었음 좋겠습니다

나는 나비보다 더 잘 유영해 당신께 갈 테니
마음을 잘 가꿔놔 주세요
잠깐 반짝였다 가는 윤슬일까 두렵지 않게요

비추는 나날마다
우리가 하나로 담겨 포근하게 웃는다면

난 어제 읽은 시집처럼
당신과 사랑을 말하겠습니다
적어놓고는 잊지 않겠습니다

지금 추억

나는 아직 둘러보지 않은 오후의 햇살과
당신 하나를 갖습니다

세상을 다 가진 것 마냥
위풍당당하게 걷습니다

찰칵대는 셔터음 소리에
빛은 놀라서 찍히고요
하늘은 하늘대로 푸릅니다

내가 당신의 순간에 항상 나란하면
당신은 나를 계속 사랑해 줄 건가요?

우린 같이 느린 발라드를 나눠 듣습니다

날씨에 부드럽게 뒤섞인 소리를 바람 맞으며 듣습니다

지금 추억이 머릿속에 찍히고 있습니다

슬프지만 즐겨야겠습니다

영원토록 먹고 살고 싶은 기억이 들어오고 있으니까요

제 발로 저릿저릿하며

잔디를 자근자근 밟으며

사부작 계절

지금 막 잊고 있던 누군가를 만나러 가는 것처럼
전철에 기대어 지나치는 풀들을 눈으로 훔쳤다

난 그 사부작거리던 계절까지 우리라 믿었던 건가
이번엔 내가 그 풀들과 함께 반대편으로 쓰러져서
보이지도 않는 바람을 귀로 훔쳤다

계절은 사람을 닮아 또다시 찾아오면 그 사람인 줄 착각
한대요

한편의 우리는 아직도 거기서 사랑을 하고 있었지만
난 이제 그 둘을 보고도 잘 지나칠 수 있어

흐트러지는 꽃도 형태만 모르지
꽃이었음을 아는 것처럼
그때 우리의 젊음을 축복했다

서로를 베어가는 순간도 더는 슬퍼지지 않았다
난 자리에 모난 꽃도 꽃잎은 떨어져 있어서
그게 사랑의 증표 같아서

그대로 두고 간직은 않기로 했다

사랑에 대한 정의

마음이 너무 많이 감겨서 너덜거리는 때가 있었다
온 손에 다 감아야만 했던 밴드처럼
어디서 다쳤던 건지 일일이 따지기도 힘든

진짜 사랑에 대한 정의가 점점 모호해지는 것 같아요

베인 자국이 선명해도 같이 아파해주는 사람
나의 침몰을 얕은 수면일 뿐이라고 말해주는 사람
아직 세상에 없는 단어를 표정으로 보여주는 사람

왜 자꾸 그 사람은 다를 거라고 말하는 것만 같지요
난 이 밴드를 다 떼어내면 나았다, 다가갈 것만 같아서

따갑다기보다 혼란스러워하는 중
마음을 쪼물쪼물 막아보려는 중

사랑의 영역

아, 내가 이렇게나 따뜻한 사람이었지
지금 이 순간, 거울을 보고 있지 않아도
내 표정이 보이는 듯한 온화함

그가 아이를 보고 웃을 때
내가 그를 바라보고 있는 게 행복해요
그에게 이 말은 아마 절대 못 하겠지만

나는 그냥 아스라이 사라져 갈 계절의 꽃처럼
지우다 쓴 하루의 일기장 한 페이지처럼
그 사람을 지나치고 싶진 않아요

이미 넓어져 가고 있는 영역을 설명하기란
다가섬이 한 발 더 앞서서

이미 벅차고 있는 중이거든요

기쁨이 처음으로 내게,
그에게 가라고
주머니에서 사랑을 건네줘서.

밝은 사람의 사랑법

유치해져서 미안하지만
이것도 내 사랑인 걸요

난 짓궂은 장난을 치고
당신의 사소한 다른 관심에
잘 토라지는 하루하루를 보내고 있어요

말할 기회가 없었는데요, 실은 요즘
당신의 세상에 내가 초대되어 가고 있다는 기분이 들어요
신나서 덥석 손잡아 끌어올려 줄 줄은 정말 몰랐는데
향기까지 나더라니까요?

그러니까 당신도 더 이상 내 사랑 무시하지 못할 거예요
난 이제야 막

내 세상은 궁금하지 않아요?

물어보고 싶어졌거든요

당신이 끄덕이는 찰나의 공기에 어쩌면,

계속 빠져 움직이지 않는 상상을 하기 시작했거든요

어항에 뻐끔대는 물방울 모양처럼

작고 예쁜 신호라도 줘요

난 꽤 규칙적인 템포를 사랑하거든요

눈을 같이 끔뻑이며

"맞아요."

라고 대답하고 싶거든요

별 블루투스

새벽을 타고 가는 감성적인 블루
우린 별로 블루투스를 대신했지
듣고 있는지 확인은 반짝반짝으로

가끔씩 숨는 반달은 몸을 움츠려 잠들고
너와 같은 원이 되길 기대하며 눈으로 쓰다듬지
잠시 손에 밴 샴푸 냄새가 밤새 다가올 듯이

감성, 사랑, 낭만…
떠도는 추억에 흐르는 은하수

멜로디는 네 곁을 대신하고
넌 내 손길을 가득 타고
포근한 꿈을 들락인다

늦은 애프터

난 해질 때에 글 쓰는 걸 좋아하는데
늘 늦어
그래도 써져

그 어슷한 노을이 내 눈 밑 그림자쯤이 됐을 때
널 사랑해

아래서 위로 올려다보며 말했어야 했는데
사랑스러운 때 다 지나고 나서 꼭 가빠하더라

그 숨도 새벽이면 슬픔이 될 텐데
이른 저녁은 그냥 내가 널 보고 싶은 핑계가 돼

그러니까 우리, 해질 때, 내가 빨리 갈 테니,
만날래?

4차선 도로

가장 무난한 사랑을 하고 싶어

담백한 이야깃거릴 나누고

매일 머릿속 날씨를 적었지

너를 처음 만난 곳은

평생 떠돌고 싶은 4차선 도로가 되고

마음을 좀 더 기울여 창밖을 보고 싶어

네가 건넨 표정에 손 흔들어주고 싶거든

어느 순간 비춰온 역광에도

밝은 면을 잊지 않고 기억할 수 있게

나 같은 사람

'내가 헤집어놓은 마음을 당신은 왜 아직도 움켜쥐고 있
나요'
'나는 사랑에 무책임해요, 그러니 나를 버리세요'

두려움에 시작 전부터 움츠러드는 사람
너무 넘치는 행복은 의심부터 하는 사람
그 훤한 눈빛에 먼저 슬프기부터 하는 사람
나예요

당신과 나 사이의 거리에서
하루는 당신의 눈이 무척이나 서글펐다가
또 어떤 하루는 당신의 입이 살살 올라가서
난 이 혼란에 영원히 잠식될 것 같아요

당신이 사랑에 너무 끈질긴 사람일까 봐

너무 진심이어서 나를 오래도록 사랑할까 봐

둘둘 풀린 리본처럼 자꾸 날 미끄러지게 해요

이걸 다시 줍고 잘 말고 싶게 해요

제대로 줄 줄도, 받을 줄도 모르는 내가.

사랑 아이

어쩌면 한 번도 잡아본 적 없다
너무 세게 잡으면 내 손이 으스러지기라도 할까 봐

자꾸 더 낫지 않을 사랑만 해
손에 상처가 나도 웃으면 말 줄 알았거든

기다림보다 헤어짐에 더 무뎌진 건
촉촉한 사람이 건조해지려고 노력하다
눈물을 너무 많이 삼킨 결과물

사실 한 번도 기대 안 한 적 없다
그저 그런 계절이라기엔 그 아이는
단 한 번도 안 바라봤던 건 아니기에

지금의 내가 그 아이를 끌어안아 주고 싶을 만큼
지금보다 더 작고 여린 몸과 마음으로

난 여기 있어,
난 잘 지내
그렇게라도 웃어보려 애썼기 때문

당신의 다정이 봄과 가을이라면

우리나라는 이제 여름과 겨울 밖에는 없어요
그러니 당신의 다정이 봄과 가을이라면
그만 지나쳐주세요

빨리 꽃을 피워야 한다는 강박이 그렇게 만들었고
섣불리 낙엽 흔들며 다가간 마음이 그렇게 만들었다

우리의 사랑이 휙 지나가서 나라는 못 만들었어요
우리나라도 두 계절뿐인데
우리란 나라 하나도 없으면 내가 어떤 사랑과 살겠어요

언제부턴가 믿음은 다 떨어진 벚꽃 같았고
일찍이 얼어버린 흰 낙엽 같았다

빠르게 변하는 계절에 비해 다음은 너무 느렸다

그래서 다음은 없었다

그래서 우리는 없었다

너와 나란 나라에

너와 나만

각자의 계절에 있을 뿐

말로 다 못 할 온도로

매일 흔들리고 져도

다신 되돌아가지 못할 뿐

나도 사랑해요

당신이 나를 미워하는 만큼
나는 나를 사랑할 거예요

당신께 받았던 사랑을 기억하며
아마 그때의 내 모습으로 머물 수도 있겠죠

그때의 내가 진짜 내가 아니래도 당신은
나를 사랑할 수 있나요

같은 겨울이래도 오늘은 춥고
내일은 좀 따뜻할 수 있는 게 날씨예요
나는 그 온도로 당신을 힘들게 할 거예요

그럼에도 나를 사랑한다면

나는 당신께 머물 준비도 물론 되어있어요

그치만 나의 계절은 곧 있으면 가요

당신이 아직 여기 서성이고 있다면

아침처럼 한 마디만 해줘요

'사랑해'

알람처럼 소란스럽더라도 일어날게요

나의 사랑을 깨워 당신께 갈게요

나도 사랑해요

사랑 맡기기

네 부드러운 웃음에 감길수록 나는 더 혼란스러워진다
내가 아직 더 빠지지 않았는데 사랑하는 걸까 봐

사랑은 보이지도 않고 힌트도 없어요
나는 그 미로 속에 풀숲을 헤매는 재미에 빠졌는지도 모
른다

누군가의 좋은 점만 보기엔 그 누군가가 나쁠 때가 더
많아요
난 나를 잃어가면서 남을 사랑하기에 적절한 창을 가졌다
닦아도 희뿌애서 다 넘어가기 좋은

당연한 건 없었고 그만 닦고 싶을 때도 있었는데
나는 그 수건을 함께 잡아줄 사람이 필요해요

피하지 않아도 그대로 비친 얼굴로 웃어줄 수 있는
까만 먹물이 나와도 투명해질 때까지 빨아줄 수 있는

다음이 기대되는 풋풋한 그때의 청소 당번처럼
너란 정원에 여름은 서서히 깨끗해져가고

난 그 풀내음을 마침내 맡고
네게 마음을 맡기고.

샷 추가 메뉴

억지로 씌워지지 않는 꿈처럼

나는 당신을 풍부하게 사랑했어요

더블 에스프레소처럼 깊은 카페인으로

헤롱한 하루에 눈 떠질 만큼

당신을 만난다는 사실 하나만으로 하루를 버텼어요

왜 떠나갈 운명에 진심을 다했나요

나의 원망법은 이제 시럽이 됐고

당신은 내 눈을 맞추려 머무는 스팀이 됐어요

우유 거품 가득한 우리의 하루,

어쩌면 아직 드러내지 못한 평생

그래요, 우린 지겹게 서로를 사랑해요
벗어나려 드는 봄에도 여직 겨울인 것처럼요

다른 사람이 드나든다 해도
우리의 겨울은 환기만 되는 것처럼요

난 내일의 당신이 더 애틋해요
당신이 자꾸 더 보여서 보고 싶어지거든요

어제 맛본,
이름 없는 샷 추가 메뉴처럼요

커피 자국

커피잔에서부터
입술이 흘러내린 것 같은 느낌

첫 키스였던가

나는 어느새
헛웃음 같은 커피 자국을 찍고 있었다

))))))

거짓 필사

슬프지마요

내가 당신에게 다시 돌아갈까 봐 겁나요

의지박약.

이것도 결국엔 내 탓일 텐데

당신이 약을 준다고 착각하나 봐요

근데 그 미련 가득한 표정 한 번이면

다 나은 것 같긴 해요

다시 살아질 만 하는 것 같기도 해요

내가 이렇게 나쁘니 당신이 나를 떠났지

오늘만 벌써 열 번을 넘게 적고 있는 문장
펜도 아는지 뒷장에 계속 자국을 남기는 문장

그럼에도 나는 아직도
이 문장의 의미를 모르는 듯 해요

자꾸

아직도 사랑해요

라고 읽고만 있거든요

우리 이야기

이야기가 바닷가에 밟힌다
빛나고 빛나서 빛을 내려 한다

반짝이던 건 늘 눈 앞을 가려
먹먹하던 노을에 눈을 담그고 싶게

난 우리가 나란하던 마음을
물결이라 믿었다
너무 찰랑이던 탓에
떠날 때가 일러진 것뿐이라고

그 이름에 네 이름만은 잊지 못해
여기에 두었다고
언제든 찾아가되,

나를 한번은 보러 오라고

마지막 핑계조차 우리만 아는 낭만이길 바랐다

안정적인 사랑

안정적인 사람이라고 다
안전한 사랑은 아니지만
난 자꾸 거기로 마음이 가요

말도 안 되는 사랑만 너무 많이 쌓여서
이젠 그걸 안 믿게 됐거든요

그러니 부디 당신은,
내게 한꺼번에 무너지지 마세요

난 오래, 잔잔히,
낭만이라 말할 수 있는 사랑을 원하거든요

정신 못 차리고 자꾸만 덧대야만 하는 그런 사랑 말고
나를 헷갈리고 당신을 잃게 되는 그런 사랑 말고

당연하게 우리가 아님을
나도 알고 당신도 알아서

우리의 내일이, 흔들리지 않는,
꽃받침 같은 사랑을 원하거든요

러브 왈츠

당신이 나를 보는 시선은

내가 막 쓸어 넘긴 머리카락처럼 부드러워요

이제 막 바람에 흩날린 춤 같기도 하고요

우린 앞으로 유연한 사랑을 하겠지요

어여쁜 서로의 얼굴을 하고

어려운 서로의 말을 해석하며

어린 서로의 시간을 토닥여주겠죠

난 요즘 대낮에 유영하는 빛들이

당신이 내게 보여주는 유일한 세상 같아요

사랑 없이는 어떻게 존재했나 싶을

그런 말 없는 따스함들이요

내 손 위에 내리지만 잡을 순 없을

그런 소중한 추억들이요

빛나는 우리들의 입술처럼

영원히 맞닿을 듯해요

아직 이곳은 살 만하단 듯

그 단 한 번의 표정을 영원히 손으로 감싸 줄 듯해요

공기 냄새

그가 들어서자 조용한 공기 냄새가 났다
창문에 달라붙은 먼지까지 눈 부신 빛으로 만들었다

작고 어려운 눈빛이 만나 책장 사이사이 꽂힐 것만 같아
오늘에 만남은 어떤 책의 몇 페이지가 될까요

나는 작가가 되고
우리는 소재가 되고
시는 도서관에서 이리저리 굴렀다

낮은 소리,
부산한 부스럭 소리,
낯선 낭독 목소리

지금 우리 안에서 피어나는 감정은 눈으로 안 보이고
난 그 조용한 모락모락함을 사랑할 것만 같다

시리도록 들이마신 겨울바람을 네게 내뱉을 것만 같다
빨간 색깔로.

너의 낭만

너의 낭만에 내가 조금이라도 걸쳐있는지 묻고 싶다

그리하여 봉우리는 꽃잎을 터뜨리고
나는 아직 오지도 않은 봄을
조금이나마 미리 맡을 것만 같아서

네가 생각하는 낭만의 틈에서
나는 종종 숨을 쉬고,
맛있는 걸 먹고,
우리에게 맞는 촉촉한 빛 조각을
퍼즐처럼 끼워줄 테니

같이 살자
뭉뚱그린 세상에.

우린 옛 인연보다 더 고풍스런 사랑을 믿고

너는 내가 가보고 싶다던 다방

옛 때가 묻은 여름날로 데려다줬다

낙서장 속 연인들의 추억은 글씨로 남고

우린 옛 인연보다 더 고풍스런 사랑을 믿고

돌아가는 실링팬 조명[2]에 청춘을 흩날렸다

땀 흘리는 컵을 어루만지며

입술은 달짝지근한 믹스커피로 코팅했고

나는 그 반짝임이 우리에게서 나는 향기 같았다

시간이 조금씩 장소에 홀리는 기분

이 사랑이 옛일이 된다면

---

2. 프로펠러처럼 돌아가는 앤틱한 분위기의 조명.

그리움조차도 문 닫은 가게가 되겠지

난 너의 눈을 좀 더 오래 바라봤고
넌 아직도 멋쩍은 눈으로 날 똑바로 보지 못했다

숙맥 같은 사람인 너도
그 앞에서 순수해진 나도
바보 둘 같아
아직도 생생하다는 어느 추억 이야기

낙서는 아직도 다방에서 쌔근쌔근 잘 자고 있을까

돌아가는 선풍기 앞에 팔 베고 누워
아-
아-
거린다

그 바라봄 반대편에
넌 없다

퍼레이드의 끝

붉은색의 입자가 까만 하늘을 멋대로 태우는

하룻밤의 꿈 같은 프레임

슬픈 몽상을 구현해 놓은 듯

눈으로 갈망하는 아름다운 사랑

그 애잔한 눈빛이 네겐 보이지 않겠지

우린 나란히 앞만 보고

퍼레이드는 여전히 화려하고

노랫소리가 귀를 컬러링 북처럼 하나씩 칠해갈 때

난 다음은 무슨 색으로 칠해야 하나

이 선을 타고 헤매는 중

넌 활짝 웃고, 난 웃을 수 있을까

널 바라보는 중

한 사람만 행복한 퍼레이드는 우리의 놀이공원이 될 수
없어

눈앞에 손을 휘적여도
깜빡이지 않는 너를
난 이제 그만 보내주려 한다

그 흔들리는 파노라마 속에서
마지막 연인 행색을 잘했다는 듯
꺼졌던 주변 연인들에게만 불이 들어오고
퍼레이드는 끝이 나고

웃음 상처

우리는 웃는 법을 몰라
서로를 보고 웃었을 뿐인데
사랑에 빠졌더랬다

손으로 일부러 덜 가린 햇빛처럼
새어 나오길 바라면서 아닌 척
하루씩을 엮어가며

어느 순간,
내가 비는 모든 내 마음에 대한 소원들은
네 마음이 되었고

너의 그늘,
옆에서 나는 은은한 진물 냄새도 맡았다

나라도 같이 베고 누워 바라줘야지
하늘에 널어다 두면 금방 마를 거라고

아끼느라 아직 지지 못한 순수함을 너에게로 다 쓰겠다

손수 적은 편지가 녹색으로 물들 때까지
내 손에서 나는 풀 냄새가 좋다며
내 곁에서 편안히 잠들 때까지

나는 우리의 처음을 잊지 않고
계속 촉촉이
웃음을 짊어진 너를, 사랑을,
토닥이겠다

내 탓

네가 웃지 않았다면
그날이 그리 인상적이지 않았을 거야
네 탓이 아니라 내 사랑이 미워서

떠도는 쪽은 늘 비 오는 날이었고
우산을 쓰지 않아도 좋은 거라고 생각했다

다시 돌아가야만 사랑할 수 있는 건 아니야
말하는 목소리가 이제는 좀 떨려서
나조차 주춤거리게 된 시간이 싫어졌다

내가 믿지 않으면 우리 사랑은 영영 사라져 버릴 것만
같아

매일 갓 뜬구름처럼 나무에 숨어볼래도

커다란 햇빛에 빛이 날 뿐인,

우리였다

그걸 아직도 가진,

나였다

너만의 계절

날이 춥든 덥든
너만의 순수함으로 만든 계절에서만
행복했으면 좋겠다

내일은 맑을 건가?
우산이 그립게 기대하지 말고

지나갈 잠꼬대에 아침을 깨우지 말고
맑다만 날씨에 안개로 미련 갖지 말고

겹벚꽃

햇볕을 저항하기엔
이미 눈 감고 있었고
몸은 느슨해져 있었고
나른한 시간 한 가운데 서 있었으니,

망했다

벚꽃은 진지 오래였지만
우리에겐 더 센 겹벚꽃이 있었으니.

벚꽃 낭비

모든 순간이 흔들리고
우린 사랑을 벚꽃처럼 낭비했다

분홍색이었는지, 흰색이었는지
아직 제대로 활짝 웃어보지도 못했는데

피어있던 잠깐에 하늘 한번 어루만져보지 못했는데
그걸 아는지 유독 비가 내렸고

비가 내렸던 그날이 빠르게 내 앞에 떨어졌다
가장 원하는 날의 장면을 반복 재생하듯

후두둑,
소리를 내며 아른거리고

눈 흘겨지는 아름다움에
난 그대로 멈춰 서고

눈 흘겨지는 아름다움에
난 그대로 멈춰 서고

벚꽃놀이용 애인

난 네 한낱 벚꽃놀이용 애인이 아니야
지고 나면 말, 봄이란 계절이 아니야

한철 사랑할 거라고
한철만큼의 마음만 준다고
한철 사랑하고 갈 만큼 쿨한 사람도 아니야

하지만 명확한 건
난 가장 솔직하게 널 사랑해 줄 사람이었어

오늘의 반김

그 사람의 온도가 매일 동을 트게 하고
난 온화한 사람으로 맞춰가고 싶어

너는 어떠한 말을 대신해 몸짓하는 걸까
바뀌는 우리의 공기에 재채기한다

넌 낭만을 아는 사람
내 순수함을 아직 저버리고 싶지 않은 사람

그래서,
기어코 우리의 아침은 하얗게 맞이하는 사랑이겠다

속눈썹도 따스해 파르르 떨리는
오늘의 반김이겠다

To Do List

네 고민에서 지워지기

'우리'로 잘 으스러지기

그다지 멋없는 사랑하기

날씨에게 비웃음당하기

사랑이라 기뻐하다가 넘어지기

.

.

.

가장 먼저 널 사랑해 놓고

누구보다 먼저 널 버리지 않기

(*아직 잘 안되는 건 반복해서 연습할 것.)

연애 중

눈이 봄과 입맞춤한 순간, 기억을 잃었다
따뜻해야 할지, 추워야 할지

사람들은 겉옷을 벗었다 입었다
얇은 옷을 꺼냈다 넣었다

그것조차 설렘이라면 연애 중인 거겠지
벚꽃보다 먼저 달려든 눈처럼
달에 눈이 와 낭만 있어진 것처럼

사부작 단락

난 너와의 사부작거림이 좋아

우리만 채울 수 있는 공기

이 토닥거림과 따스한 볕이 기뻐

나의 하루에 너란 것

마치 어제인 듯이, 다음에 또 오잔 듯이

별거 아닌 순간도 느리게 간직하겠지

'보고 싶어'로 만든 향기는 오래갔으면 좋겠다

내가 언젠가 널 잊어도, 맡아질 수밖에 없게

난 아픈 걸 좋아해서 또 사랑해요

잠깐 가졌다 놓치는 것이라도 감각이 알거든요

지금 삶의 어느 단락쯤을 지나고 있다는걸요

그 한 사람으로 인해
그 물렁한 감정으로 인해

그 한 사람으로 인해
그 물렁한 감정으로 인해

짝사랑보다 더 순애보적인

잠깐 들뜨고 오래 깊이 빠지는 거
짝사랑보다 더 순애보적이랄까

가장 좋아하는 말
나도 내가 왜 이러는지 모르겠어

먹먹한 귓속을 파고들고
네 목소리가 들려
이제 거의 다 왔다고
넌 아직도 자길 사랑하냐고

그럼 난 대답이 아직도 부끄러운 듯
끄덕이지
그 끄덕임이 수면 위로 올라오면

너도 그제야 나도 사랑해 말하지

98

우린 왜 조용하고 울적하게 사랑하는 걸 좋아하는 걸까
앞으로 조금은 쨍쨍해지고 싶다고 고백하고 싶다

자글자글한 상태

넘어지기 직전 공기의 온도
눈 녹은 도로에 그려진 그림
자,
사랑에 빠질 준비를 하자

그늘에서 차츰 자라던 새싹처럼
하찮은 웃음 지어야지

겨울에 걸었던 기대는 구름에 실어 보냈다
지금 내 세상은 무언가 피어오를 듯이
자글자글한 상태.

영원히 사랑해

가장 젊은 날, 단 한 번의, 우리 둘을

Young, NO. 1, 2 사랑해

에필로그(Epilogue)

내 겨울을 더 써주세요,
네가 있게요.

Chapter2 _

내가 있어, 여기.

내가 있어, 여기.

ホ　トヨガ
千葉興業銀行
ベルクス 9:4
BAN

손 우산

우산을 가져다줄 어른을 기다리던 아이는
커서 우산을 들어줄 사랑을 기다렸다가
우산을 잘 챙겨 다니게 되었다

가끔은 손 우산의 낭만도 알게 되었다
많이 젖을 만큼 오지 않으면, 울지 않으면
괜찮다고, 다 괜찮다고

그 따뜻한 인파 속 사이를
뛰어갈 줄 알게 되었다

순수

자그마한 마음이 크지 않음은
지지 못한 꽃이 아직 마음속에 다 있어서야

어린 날의 나는 행복조차 여울이어서
먼 훗날 그리워질 날을 먼저 생각했다

그 물이 내 안의 꽃을 시들게 못 한 이유
연약한 건 다행히 세상도 건드리지 않아서

좀 많이 젖었을 뿐
보기에 풀이 죽었을 뿐
물방울 비비며 잘 일어날 수 있었다

흘려보내기까지 꽃잎이 수도 없이 휘었지만

결코 떨어지지 않아서

그 자리에서 매일 새 볕을 맞을 수 있었다

지금 이대로의 순수함을 덜 미워할 수 있었다

신호등 앞

불빛이 너무 그득해서 눈물인 줄 알았다

밤엔 신호등 앞에 서면 얼굴이 여러 색이 돼
난 멈추고 싶은지, 가고 싶은지

그 답이 바뀔지도 모르는데
곧잘 울 줄을 모르고 참더라

차가 달리는데 차가워 안 하고
추워하며 자기 탓을 하더라

치이지만 않으면 살아낼 걸 알기에
좀 덜 보고, 좀 덜 무서워하며
피한다

삶에서 우글우글 멈춰 서는 감정들을.

볕 위로

볕을 맞으면 울음을 참게 됐다
어떤 따스함은 너무 위로라서
겨울이었단 걸 잊게 만드니까

걷고 있는 길이 구름 한 점 없는 하늘이어도
하룻밤 뒤 벤 물 자국이 얼룩덜룩해도
아무도 사랑하지 않는 그 자체로 안도했다

다시 나부끼기만 하다 버려지는
어느 연약한 꽃은 되고 싶지 않았기에
눈보라에도 해맑아야 하는 아이는 되고 싶지 않았기에

오늘, 토닥여주지 않은 많은 밤은

별을 잃었을 거예요

당신은 당신을 잃지 않았잖아요

그 빛 덕에 아침이 올 거예요

새벽에 내리는 부슬비도

언제나 바람을 무서워하지는 않아요

안 보이는 곳을 날아다니는 건

조금 깜깜한 꿈을 꾸고 있는 중인 걸 알아서요

내일, 당신은 당신도 모르는 사이

아침을 끌어안고 있을 거예요

밤새 토닥인 나를 일으킬
내가 되어있을 거예요

같이, 잘 일어나요

11:59

생일 축하했어

내 안에 우물

난 내 안에 우물을 얼마나 사랑해?

난 이 물을 얼마나 퍼냈지?

고인 건 냄새가 어때?

그런 걸 생각하는 건 다 상처만 줄 뿐

난 내가 깊어져서 나를 떠나기를 바라지 않아요

나는 나를 영영 떠날 수 없다는 건 알고 있지만

버리고 싶은 걸 버리지 못하면 더 괴로워지니까

자꾸만 밖으로 숲을 만든다

계절 따라 통째로 바뀌는 나무 색깔처럼 감정을 타기도

울창하게 가로막아버리는 초입처럼 숨겨버리기도 하면서

최대한 맑게,

가끔 내 목소리가 들리는 정도로만

무너지지 않을 숲.

어린 새싹

드넓은 길목 난 자리서도
어린 새싹은 잘 자라는 듯 힘들게 컸다

아무것도 모르는 아이들의 자전거 바퀴에 눌리기도
보이지도 않는다며 깔고 앉은 돗자리에 깔리기도
그들의 의도치 않은 행운을 빌어주려 꺾이기도

누구 하나 일부러는 아니었겠지만
그걸 다 이해해 주기에 나는 일부러 상처받아야 해요

어릴 적부터
어린 애들은 몰라도 된다는 속설을 믿지 않은 나는
아직도 그 말을 너무 잘 알아
크지 못했다

다 크지 못함에 다 컸다

그게 내가 어른이 된 이유가 됐다

그게 내가 태어나 길들여진 이유가 됐다

햇살

얼음이 햇살에 빛을 내는 속도
그릇에 끼얹어진 햇살의 각도
티슈에 스며든 색의 명도

그 어느 것 하나
햇살이 안 주는 싱그러움이 없다

그것이 내가 햇살이란 발음을 좋아하는 이유
자주 맞아줘야 하는 이유
떨궈도 다시 주울 수밖에 없는 이유

한 번도 제대로 쥐어본 적은 없지만.

여유

내가 행복하면 세상은 다정하게 보인다

길가에 지나다니는 볕
건널목에 흐드러진 구름
풀잎의 이음새
겨울이 봄나기를 하는 옅은 향기까지도

다 이루 말할 수 없지만
완성도 높은 하나의 내가 되어
자연으로 돌아가고픈 갈망을 죽여주는
허공에서 물 찾아 헤매던 손을 잡아주는

어느 눈부신 마름

일생의 순간

여유.

꿈의 여정

비행기가 구름을 뚫듯

꿈은 이뤄도, 깨어도

한없이 꿔야 하는 것

우린 잠깐 새가 되지만

결국 착륙할 곳이 필요하기에

잦은 난기류를 이겨내야 한다

작은 소음에도 불안해하지 않을

나만의 안전벨트를 꼭 붙잡고.

민들레씨 이야기

날 좋은 대낮의 민들레씨는 잘 안착하기 위해
많은 곳을 떠돌아다닌다

누군가를 사랑하는 방황도 그러하다
잘못 안착하면 꽃을 피울 수 없다

이번엔 건강한 토양에서 이슬 머금고
가장 촉촉한 꽃이 되길 바라보지만
가끔은 그게 두려움이 되기도 해서

민들레씨는 밤까지 계속 구른다는 속설
내가 지어낸 두려움에 대한 이야기

사람은 사랑을 하다 사랑을 할 수 없게 되기도 하니까
서글프게 서글서글한 사람이라면 더욱더

난 더 사랑을 잘 말하고 싶을 뿐인데
더 예쁘게 지어가고 싶을 뿐인데

민트색 점

막 눈에 비친 민트색 점
해보다 아래서 눈에 걸린다

이제 삶의 목적지에 도착했다는 듯
하늘과 맞닿아있는 오르막길 끝

내가 내려갈 곳이란 게 보이긴 보이는구나

집집마다 쌓아 올린 붉은 벽돌의 촘촘한 가로선처럼
얼마나 애썼을지 감도 안 왔던 때

내게 아침이 있단 걸 가르쳐줬던 모든 나의 아침들
창과 차에 부딪혀 마침내 내 눈 속 쥐어지던 로즈 골드
빛까지

혼자임에 꼬인 좌절에서 이을 수 있었던 행복

하나의 목걸이
걸고 만지작대며 살아있음을 느낄 수 있었다

이 작은 마음에 세상이 깜빡여서
사진 찍어볼 용기를 가질 수 있었다

난 이제 마음껏 행복해 볼 수 있었다
내가 나로 있어서.

나의 겨울 햇살

난 가끔 말없이 침묵을 비추는 겨울 햇살이 좋아

숨 쉬고 있음을 숨 쉬며 알게 하는 게
꼭 템포 없는 어느 날의 눈부신 순간 같아서
몸 세포 하나하나가 부드럽게 흐르는 것 같아서

찌푸리게 되는 인상조차 좋아 물결이 된다
하루를 좌지우지하게 될 마음 날씨가 된다

우리 속엔 계절이랄 게 없어
내가 좋으면 따사롭고 아니면 비 내리는데
한순간에 눈도 내리게 할 수 있거든

온도 체크도 않고 밖을 나서는 나의 습관과
마음 날씨는 죽이 잘 맞아
자유롭고 예측 불가하지

그래도 사랑하는 걸 뭐 어째

그 사랑에 보답할 필요 없이 즐길 수 있는 게
우리 관계의 장점
대신 미움에 대한 저자세도 배워야 하는 게
우리 관계의 단점

그 우리라는 이름,
나로서.

내 안의 바다

나의 슬픔 태도는 표정부터 일그러진대요

못내 못다 한 말 가슴에 그대로 품고 돌아선대요

누군 비겁하다 하겠죠

누군 답답하다 하겠죠

오래전 바다에 던져진 몇 개의 별 조각은

불이 다 꺼져서 이젠 쓸 수도 없게 만들어 놔놓고

나도 찬란하던 때가 있었다고

눈에 사랑이 선하게 보이던 때가 있었다고 외치기엔

너무 커버린 지금까지 원망할 것 같아서 뒀을 뿐인데

난 내가 무너지면 살 수가 없어요

그래서 갑자기 튀어나오는 불가사리 같은 것에

뽀족한 조개껍질 같은 것에

나인 냥 날카롭고 독특해지는 거예요

누군 그 모습까지 사랑해 주거든요

적당히 행복하기

너무 진해서 두렵던 꽃향기가 있었다
바싹 말려 쓰기에도 영원히 따라다닐 것 같던 순간이 있
었다

이대로 내가 가진 모든 것도 져버릴 것만 같아

물줄기가 불까 봐 매일 줄기 끝을 잘랐고
난 그 대각선에 잡아먹힐 것 같았다

꽃잎 끝이 검붉게 쪼그라들 때마다
하고 싶은 말들이 주춤대서 덜하게 됐다

가시를 다 손질해 버려서 너무 연약해졌나
매일 물을 마셔도

습기에 곰팡이가 필 것만 같이 불안했다

그렇게 꽃처럼 살던 때가 있었다
그랬더니 꽃처럼 순식간에 지던 때가 있었다

놀랍게도 가장 활짝 폈던 인생은 행복하지 않고
가장 빨리 질 걸 미리 아파해야 했고
아예 꺾이고 난 뒤에는 더 연약해질 뿐이었다

그래서 지금은 적당히 행복하고,
이 행복을 굳이 행복이라 말하지 않고,
묵묵히 지켜보는 중이다

행복하다.

반딧불이의 밤

마른 입가로 어렵게 웃었다

세상이 그렇게나 팍팍한데
내가 누군갈 필요로 할 때
그 누군가는 없구나

잔가지조차 쳐냈던 부지런함 탓에
난 외로움을 더 잘 흡수했다

비가 내리는 소리
새근대는 밤에 숨죽였으며
난 그중에서 반딧불이처럼 있었다

축축이 젖어 더듬이도 풀 죽은
끔뻑이는 눈만으로 빛을 내는

지금을 잊어보기에는
지금까지의 멋진 나도
그 누군가에겐 별이었겠지

사랑의 별,
위로의 별,
꿈의 별,
그것만으로 됐다 생각하니

이불 덮고 포갠 두 손 위로
떼 지은 반딧불이들이 올라앉을 것만 같다

따뜻한 자장가가 들리는 것만 같다
곧, 눈시울 같은 꿈을 꿀 것만 같다

웃음과 울음이 섞인
반달만이 흔들리고.

모래 사(死)장(長)

쓰지만 밍밍한 찻잎이 겉돈다

그게 어느 계절의 향이든 난 좋아

어떤 향은 맡으면 잠시 기절했다 깨어나기도 한다

추억도 잠깐 우려지고 버려질 거면

우리는 왜 그 이른 시간에 많은 여행들을 떠났나요

커피 향 가득 나던 바닷가에 그 거리도

난 막 돌아와 주머니에서 꺼낸 조개껍질처럼 신선한데

찻잎이 쓴 이유는 알려주지도 않고

계속 먹이기만 하다 나만 둥둥 띄워놓고는

너무 오래 우렸다며 날 버리고 떠난 건가 생각한 때도
있었어요
그 바닷가에 날 못 두고 와서 그런 건가 생각한 때도 있
었어요

근데 아무리 생각해도 난 잘못이 없어요
밀물처럼 들어왔던 당신이 썰물로 빠진 것뿐이죠
당신이 품었던 내가 당신의 절망이 된 것뿐이죠

그래요, 난 이제 모래가 될래요
당신이 아무리 손 뻗어도 닿을 수 없는
계속 구르고 갈려서 멀어질 수밖에 없는

나의 이야기

그대 얼마나 웅크렸을지

상상도 되지 않는 맘에

빛도 통하지 않는 곳에서

하염없이 울던 천장도 잊었다

그새 따가운 여름 구름 몰고 오고

날이 좋다며 들여다보던 사람

그 딱한 수줍음 끝에서

하루는 더 살고 싶어졌다

이건 그대가 아닌 나의 이야기.

아픈 일

상처 주기 싫은 사람이 생긴다는 건
특별하지만 나조차도 아픈 일

먼저 알아봐 주고 다가가 줘야 하기 때문
나의 행복을 내주어야 하기 때문

그러다 돌아서면
'돌아섰구나'
그저 그렇게 등 돌린 채 응원해 줘야 하기 때문

나도 네가 줄 수 있는 선에서의 가장 큰마음을 밟고 싶
었어
딛고 설 수 있게 그 신호등을 기다려보고 싶었어

언제나 그 말을 삼키느라 목이 따끔거렸지만
사라질 너라도 좋다고 어루만졌던 나이기에

너와 너를 바꿔놓던 사랑을 짠하게 사랑했을 뿐이다
온 마음으로 깜빡이며 찐하게 바라봤을 뿐이다

회의감

사랑받아 마땅한 것도
사랑 잘 받고 큰 것도 다 없는 말
특별함을 강조하고 싶은 의지가 만든 기준

사랑은 어디서든 존재하고
못 받아본 사람도 못 받을 사람도 없다

어둠이 두렵지 않은 건 사실 거짓말이라
차가운 공기를 헤엄치는 것도 버릇돼서
자주 무겁고 못 웃는다

이겨내고 싶은 건 점점 많아지고
삶의 파도엔 흰 거품이 인다
그 물결에게 진 걸까, 지고 싶은 걸까

애써 이겨내는 힘은 더 독해진다

힘이 빠지는 순간 죽는다는 걸 알고 있지만
가끔은 이게 평화일 거라 나를 속인다
내가 가진 건 뭐였을까

네 하루 끝

가끔은 담벼락 너머 달이 되고 싶어
해가 져야만 더 잘 빛나는
가로등 줄에 이리저리 잘 엉켜있는

빛 그을림처럼 따뜻한
보고만 있어도 소원 빌고 싶게 든든한

네 하루 끝에 내가
잠깐이라도 졸졸 쫓아다니면
좀 덜 외로울까 싶어서

아주 얕은 자유

아무 미움도 바라지 않았던 작고 소중한 존재

그럼에도 받으면 사탕인 양 조금씩 빨아먹던

빨리 어른이 되길 바랐던 것도 좀 덜 상처받을까 싶어서

단 한 번도 강하길 바란 적은 없었거든요

바람 맞아 휘어져도 계속 여리기만한 풀이 되길

아직 시들지 않았지만 떨어져 밟히는 잎이 되길

다시 아프고 그거 숨기면 어디론가 날아가니까요

아주 얕은 자유랄까요

내가 원하던 어른이 뭐였는지 기억도 안 나는 곳

내 고백

좋아진 과거가 지금을 슬프게 하는 건 아니다
그냥 그때가 좋아졌다고
지금의 내가 나에게 고백하는 거지.

미안함을 거절한다

미안하다 말한다고
그 미안함이 승낙되는 것에도
한계가 있다

이미 한번 지난 계절도 다시 보려면
1년을 기다려야 하는데
넌 너무 쉽게 나를 버리지 않았다고 했다

난 이제 믿고 싶어질 만한 게 다 사라졌어

안개는 아침이 와서 걷히는 게 아니라
안개가 포기하고 돌아서서 해가 드는 것이기에

너는 그저 내가 반짝거리고 있다고만 믿기를
나란 삶이 평생 너의 뒷모습이 되기를

난 너의 미안함을 거절한다

잠든 어린 시간

너의 증오에 난 얼마나 살았을까

따뜻한 볕 몇 번은 내어줬을까

차라리 탓하고 평생 상처 한번 주고 말지

넌 보기 희귀한 별자리인 양

나타났다 사라지기만 반복했다

이제라도 공허함을 끌어안고 잠든 어린 시간을 빛내 놔,

어서.

난 별자리 이름을 외우지 않고

그 자리 있던 별도 더 이상 세지 않는다

조용한 원망으로 썩혔던 하늘이라도

아름다웠다고 믿었듯이

난 나의 밝은 울적함으로

또다시 하루를 살아내야 하기에

부드러운 관계

그 따뜻한 말이 제일 춥던 겨울을 낳고

드센 아픔이 눈과 같이 밟혀 사라져 갈 무렵,

다 나은 나는 너를 마주했다

온 손에 밴드를 감은 채로

나는 아직 다 풀리지 않았지만

겨우내 이 손으로 되짚어가고 있다고

네가 잡아주던 어느 날의 느지막한 위로

그 선을 따라 지금에서야 말할 수 있게 됐다고

'네 덕분에 아주 괜찮았어.'

'근사한 마음으로 나를 대해줘서 고마워.'

'난 이 아픔을 네게 다 보여주고 싶다.'

아직은 잘 모르는 우리가

가장 부드러운 관계가 되기를 바라며.

새 비행

나는 아직 먼 길을 가지 않아

작은 숲에도 떨리는 작은 새

가장 가까운 곳부터 떠나보자

꿈은 계속 꿔야 하니까 두고

애정으로부터 멀어져 볼까

사랑 없이도 마음은 클 수 있어요

방향만 맞춘다면 나를 더 잘 알 수 있어요

나는 어제의 비행을 되짚고

내일 하늘을 만질 깃털을 접어둔다

가느다랗고 고운 자리 틈새를 비집고 올라온

짧지만, 억센 새 깃털

마음이 덜그럭거리던 소리도

이제는 밤새 잦아들 줄 알고.

포용력

넌 사랑을 할 만큼 포용력 있는지
나 자신에게 물었지
너무 사랑해서 안된다 대답했지

버려짐에도 용기가 필요해서
어제 찔린 가시에도 굴하지 않고
다른 꽃잎을 일깨우는 게 불가능해서

사랑도 피는 시즌이 있는 거라고
나 자신에게 정의했지

그리고 새로운 사랑을 하기 전,
쉬었지
그게 가장 쉬웠지

회복 탄력성

날씨도 좋은데 굳이?
하루를 덜 망칠 수 있는 용기

이미 아까 전인데 어떡해?
다음으로 잘 갈 수 있는 리셋

울었는데 뭐?
이번엔 웃음 지을 수 있는 결심

난 내가 휘둘리다 땅바닥에 버려지길 안 바라요
이것도 없었으면 난 나랑 더 못 지냈을 거예요
밉다가도 다시 사랑할 수 있는 초능력 같은 거예요

나만의 특이한 장점,

회복 탄력성이 좋다는 것.

출국 편지

단정 짓기엔 아직 덜 빛나서
몸에 빳빳한 반짝이 가루가 잔뜩 붙어있어요

난, 불편해요
내가 좋아하는 걸 못 하는 게
그래서 불행을 포기하려고요

멀리 떠난다
캐리어에 지지 않을 마음만 가득 싣고
무겁지도 가볍지도 않다

벌써부터 너무 화려해서
지퍼를 잠가도 삐죽
튀어나올 것 같은 느낌

예감도 짐이라면
예쁜 소리만 달그락 나네요
그래서 내가 나에게 부치는 출국 편지

다 버리고 떠나
하루라도 빨리
네가 있고 싶은, 진짜 그곳으로
어떡하나, 벌써 떠났네?
잘했어
난 너를 믿고만 있을게

진짜 연기자

숨죽여 버텨낸 하루 끝엔

차가운 겨울 공기만이 발끝부터 감돌지만

내가 웃어 보낸 몇 장면은 잘 찍혔겠다

그렇게 삶은 잘게 아름다워져서 살아가는 거야

셔터 소리에 가끔은 주인공이 된 듯이

가끔은 처량하고, 사랑 못해도

이 연기를 끝낼 수는 없으니까

잔뜩 기대하고 서 있는 삶 앞에 마주 서려면

나도 나의 당당함으로 웃어줘야 하니까

진짜 멋있는 건 그런 거니까

여름날 나에게

방금 걷어 올린 블라인드처럼

넌 갑자기 세상을 움직이고

아직 지지 않은 해

창에 일렁이도록 비춰온다

알아, 나도

네가 얼마나 삐뚠 맘으로 갇혀있었을지

쉽지 않은 사랑도 외면하고

그 여름이 소리 없이 깨져

두 귀와 두 눈을 얼마나 꼭 막았었을지

너의 극복

너의 극복은 바다가 더 찬란해지는 일
반짝거리는 바다의 맘 윤슬이 끼는 일

눈으로 어루만져질 만큼 가까워서
그 잠시를 순간 사랑할 수 있는 일

내일의 꿈

해가 지는 줄도 모르게
눈이 부셨다 사라진 조각

밤이 옴은 늘 그러하다
갓 영근 잎처럼 촉촉이

상쾌함을 뚫고 멀리 나아갈 듯
꿈을 꿀 준비를 한다

여름 난다고 토닥토닥
시원한 이불에 덮여 자라난다

어제를 겨우내 버틴
내일의 꿈이

너를 사랑해

나는 너와 잘 지내고 싶어
지친 건 사랑이 안돼
이만해도 돼

너만은 그렇게 말해줘
넌 내 편이니까
너와 잘 지내고 싶으니까

혹시라도 날 떠나고 싶어지는 날엔,
무너지지만 말라고 말해주고 싶어

언제든 떠날 수 있고
내가 말리지는 않지만
네가 너무 힘들어할 거잖아

넌 너를 사랑해

이건 최면이 아니라 마지막 진심,

사랑이야

이건 최면이 아니라 마지막 진심,

사랑이야

글쓴이들에게

이 책을 완전히 다 읽으면
당신은 상해 있겠지요

이 책이 읽히기 위해 견뎌온 시간처럼
접히고, 물들고, 표시되며
그때보단 망가진 순수함을 가지고
나아진 현실에 만족하겠지요

나는 당신이 그러해도 된다고 생각해요
사람은 누구나 그럴 수밖에 없다고 생각해요

글을 봄에 그 시간을 늦추는 것뿐이죠
당신의 잘못은 없습니다
아주 잘 살아내고 있습니다

우린 그렇게 기특하게, 사랑을 하고

초판 1쇄 발행 2026년 04월 01일
초판 1쇄 인쇄 2026년 04월 01일

글·그림 03작가 김서희

디자인   포레스트 웨일
펴낸곳   포레스트 웨일
출판등록   제2021-000014 호
주소   충남 아산시 아산로 103-17
전자우편   forestwhalepublish@naver.com

종이책   979-11-7635-005-1

작가님들과 함께 성장하는 출판사
포레스트 웨일입니다.
작가님들의 소중한 원고를 받고 있습니다.
forestwhalepublish@naver.com